未来世

加部洋祐

KABE Yousuke

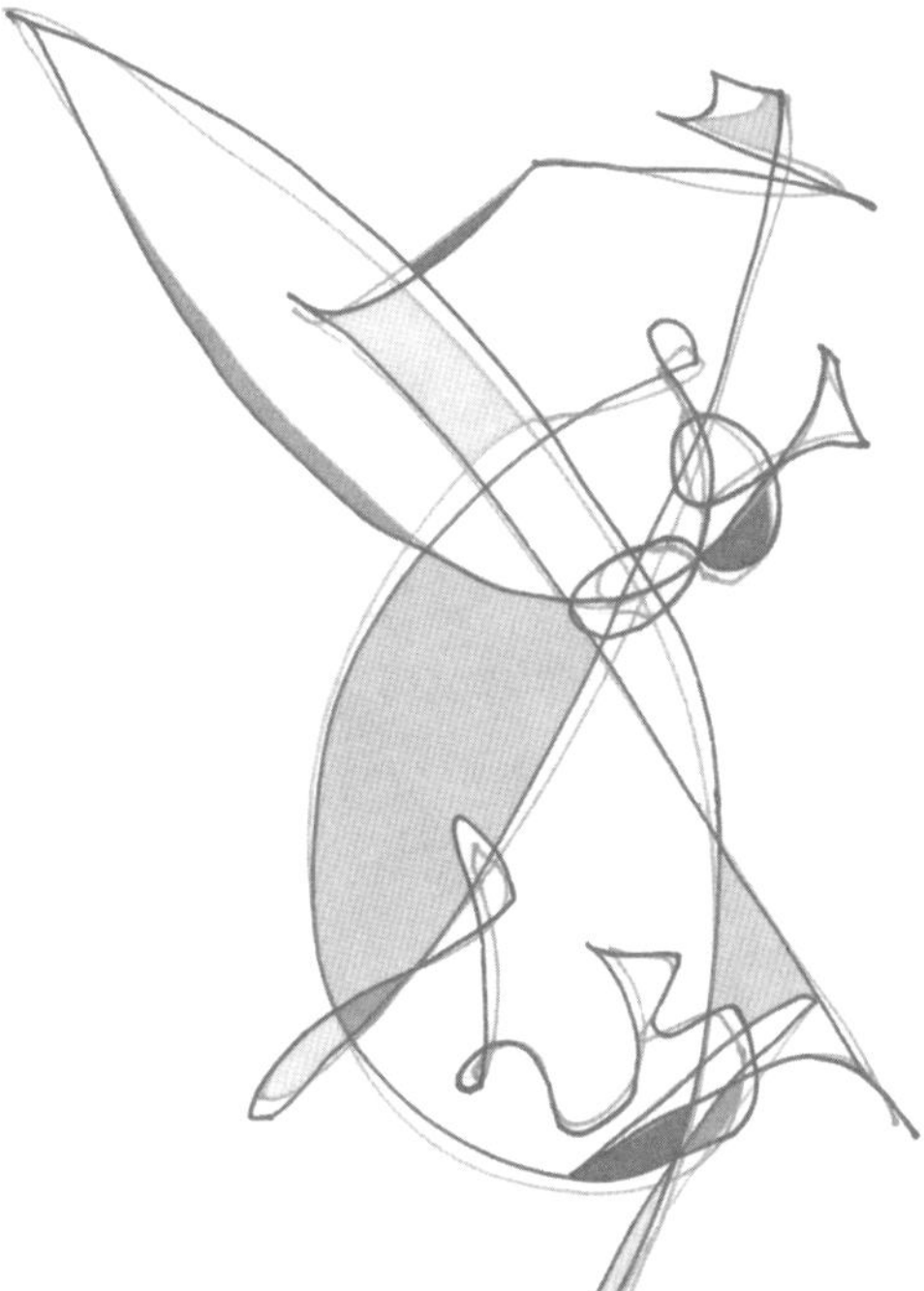

北冬舎

未来世∈目次

I

II

カバー・扉作品「word poem : kabe yohsuke」
=田名部 信
装丁=大原信泉

未来世

I

夜と夜明けのはざま

人げんの背なかに羽のなきことを生まるるまへにぼくも知りにき

夢に浮くるり色をせる球体に罅のはいりて鳴り響く夜明け

〈希望〉に釘づけされた瞳から瞳潰す太陽《ひ》へワイヤー伸びる

ゆびの尖から気化してそらに帰ります光の洞《ほら》へウスバカゲロフ

鳥のゆく光の時計くうはくにかなしきかすり瑕あとをつけ

ときをりは夜と夜明けのはざまにてブランコゆれるだけの風景

ほどかれて抽象の鳥まだたれも思ひみしことなき空やある

採血を終へたる注射器を満たすぼくの代にて滅ぶ遺伝子

顔面のない警官が立つ夕べ腰折り曲げて老婆はあるく

あさあけ

美しいものばかり見て干涸びし角膜に吹く早春の風

やはらかき人げんの手よゆびとゆびしづかにひらきゆく春である

鶴しろくむれ飛び鶴のかげすらもしろく群れとぶ空のあさあけ

やまぶきの花を踏みわけプラトンの真澄める川を遡るかも

ゆく春の給水塔を目守りつつ〈響きの丘〉にバスを待つ午後

たなびけるレースのカーテンうらがははひかりを孕みなにも生まれず

たんぽぽの綿毛のゆくへ見上げれば空中都市を発つ飛行船

森かをる五月の明晰な蒼穹《そら》の虹の陰より鳴くほととぎす

子どもらがふうせんにして遊びゐるコンドーム舞ふはつ夏の丘

金属化せる夏木立の導管へパキパキ赤く裂ける未生時

にんげんのあたまみたいに万力で潰すまばゆき向日葵のはな

時間の薔薇

ながき月のかぜのゆくへに雲たえて時間の薔薇の咲くエア・ポート

目の上に薔薇さかしまに吊られけり地軸のかすか傾くけはひ

水をかいくぐる白鳥、　てのひらゆ向日葵のかがやく種こぼれ

太陽はあつきコロナのおゆびもて少年の日のわが肋骨《あばら》愛撫《な》づ

寝小便布団に顔をうづめれば太陽のにほひふさはしきかな

紺に塗る肩甲骨の下かげに羽ばたきやまぬこころのふるへ

口づけをしない程度に近よりて嗅げり鏡の香りなるもの

幽霊は無視しろといふ鉄則は救はれがたし緋ののどぼとけ

奪はるるままにまかせよ脳漿を雀のむれのかげが啄む

陽が、日が、火が、緋が、非が、彼が、碑が射して母の白髪のあふるる鏡

あをぞらに巨大なる白百合ひらき蛾や羽蟻の輪唱を吸ふ

形而上的球体に内接しとうめいの花さく安土城

表現の切断されし指先がさし示す日の丸の裏がは

じぶんのことばで言ふのは難しいぼくの弱さにはとりの声

たましひの孤児を攫へよばらの花びらは薔薇のはなびらに抱かる

即身

祈りなさい、主よ、
私たちに向かって祈りなさい、
私たちは近くにいます。

パウル・ツェラン「テネブレ」（中村朝子訳）

悲しみを恩寵としててのひらの蟻一ぴきを死なしむるなり

雪ふる日偏頭痛にまぶしくも羽蟻の死骸鏤められき

ぱりぱりと冬のまぶたの貼りつきてかげ産むまへに消ゆる石舟

ゆきくれてしまふゆび先くりかへしこころをたどり雪の香をよぶ

人形の球体間接ゆびさきでなでつつ思ふぺとろの鍵を

幕府から逃れつづけてきりすとを愛せば時に死にたくもならむ

主よ、ぼくはぼくに向かつて祈ります掌《て》と掌《て》を合はせ心臓を突く

左右の掌《て》祈るすがたに自らの首を絞めあぐ夜の終はりへ

神仏を呑みこみながら日の本の日の黒点の穴のひろがる

超巨星ベテルギウスの爆ぜにけむ後日地球で味噌汁すする

白昼を瞬く星のあるからにまりあの顔を踏みつつゆかな

アンモナイトの海へ海へと伸びる道これからもまたぼくは裏切る

無景

限りなくつづくはずなどないのだが進めば進むほど砂の中

暗闇のさらにその奥のその奥を視て熱かりき眼球の芯

監視社会の目玉を全てゐぐりとり野糞にたかる蠅に食はせよ

依田仁美のプラスティックポエム《Innocent Vectors》に寄せて、五首。

時間から剝離されにし主観とふ影自らが自らを向く

まなうらの、あかるき闇オ、見るやうな、たつたひとりの、せ界と思ふ、

人類がまだ生まれざる日をこめて葬儀はつづく円の内側

真実の貌《かたち》に氷るまでの〈美〉を死より静けく楕円がめぐる

色　にほひ　時間　救ひ　を漂白し命ならざる〈美〉が氷りけり

卵

釘いろの顔して歩む冬の首都はじまらぬ闘ひひとつある

透明な骨と骨とをぶつけ合ふ音の聞こゆる冬の夕ぞら

掃除することを怠りマスクしてくらしてをりぬ痩せほそりつつ

薄暮の部屋にくらせばオレンヂの豆電球のあかりもはくぼ

うす寒き卵のなかで青光る鍵にぎりしめ倦む　四十年

透明な卵の中にとうめいなひよこはねむる惑星《ほし》のなきがら

球面に隠し扉の現はれて（夕ぐれまへに）消えてゐました

ログインが出来なくなつたサイトにもぼくのさみしい輪郭映る

眼の乾くまでパソコンを視てをれば朝が言葉の向かうから来る

睡るらむぼくの瞳はまなうらのゆめもむすばぬ粘膜を視つ

II

来訪者

ぼくの顔みるみると折り畳まるる合はせ鏡の裏に猫鳴く

あを穹のふかみは瞳孔の如くひらかむ鳥のゐない鳥籠

破裂したエンドウマメの散らばれる白堊の床をあゆむにはとり

穹のおく中間圏をのぼりつめ無人の赤い椅子は氷らむ

なにとなく小石を拾ひなでてみる薔薇星雲をとほく離《さか》りて

またいつか会ふその日までさやうなら鳥葬さるる五月人形

人形がひと指しゆびにはめられて犬にささやく「ハイル・ヒトラー」

1本の線で立つてゐるクレーの天使、冷たい夏を生きて

クレーの絵ならぼくでも画《か》けると言ひし子の画《ゑが》きし天使思ひだせぬ　冬

うす闇のトイレの帰り落ちてゐし母の帽子を跨ぐ明け方

氷韻

二十一世紀のぼくら歌の闇まりあの如く孕み継ぎ来つ

新春の元左翼らの歌魂すら母胎にかへるうたくわいはじめ

肉塊に塞がれし耳よ短歌《うた》の耳よ氷の韻は過去より響く

天皇が生前退位するらしいなにに縋るやわが羽虫這ふ

神の仮死の終はりの兆す喪に服す稲畠ひくく霧らふセシウム

子孫繁栄断念の果て血に染まる稲穂かきわけ雷《らい》に撃たれよ

追悼の不可能性にこころから絶望できず血の西瓜割り

さりさりと虹は凍りて砕けたり真紅の蟹の群がる便器

すり切れし批評性一枚肛門に隠してふゆの河泳ぎ来つ

目覚めつつある神の目は超克のため追想すきのこ雲など

改元後も野々村議員を気の毒がりながら爆笑《わら》ふわれらは滅べ

人面花

光線の火傷に疼く人面《じんめん》を一まい毟るコバルトの穹

おもかげはとどめてゐない白日へ人面花《パンヂー》の花びら毟り継ぐ

花にまで成り果てるかほ悲しみは土を掘りても土があるのみ

かほ無くば表情は無しぴらぴらと無季なる風に散れる皮フかな

皮フである花びらが舞ふ人面花《パンヂー》の記憶ならざる記憶は穹へ

太陽を視つめつづける人面花《パンジー》の焼き尽くされし視力を思ふ

はくせいのにんげんとして人面花《パンジー》は求むる如く太陽を視る

ヒトのためヒトのつくりしパンジーほんたうはぼくの喩を超えて咲く

影絵

ないといふこと。　及びその周へんをぢつと見てをりくる日くるひも

午ごのひがさむくひろがる壁に向きおじぎしながらみぎを見なさい

たれかゐたしみのある壁しづかにもぼくのはい後に樹がたちつくす

しら壁を背ごにたたす葉のおちし木ぎの無おんにちかづけぬなり

北むきの鏡にうつる白かべにひざしは冷えてさわぎだすかげ

かべに棲む貌《かたち》のさだまらぬかげがこちらがはへの鍵さがすらし

かげ　しだいにくらくなりそめてことばにすぎぬじん体を着る

かげたちのたてる足おとみみ奥をぬけてとほくの石がかん知す

らく日にひときはくもは燃えあがりへ屋のすみよりよるはせまり来

いきてゐるものへの恨みたへがたしにく体ならぬ手にてかべ搔く

とざされた輪のなかでぼくいきをしてあし音はまだとほのきはせず

よりひくく肺は息せよぼくがしることもかなはぬ明けがたとして
あけがたの鏡をしんとみてをれば襖かげより手がつきだしぬ
神けいがえだわかれして壁をはひ母のうまるるひるに至らむ

せい神がとかげのやうないきものへ分かいされて壁あなにきゆ

かべの穴からもどりこし精しんはそしらぬかほでかげを見てをり

秘界

神主はおろか巫女すらをらぬ屋の鏡百枚なべて北向き

曼珠沙華歩みだしけり群なして白紙ひろげし日昏れの上を

赤蜻蛉《あかあきつ》わが裏切りはとこしへに魂魄ふぶく界にとどまる

限界の領域を超え吹雪く日よ幼女の髪にとまる蟋蟀《こほろぎ》

手の甲を手でなでながら目覚めるをこらへてをれば灰色の国

さがみ野は雪化粧して年越すに結界のうち側はまだ秋

み雪ふる冬畠往けば見なれざる鳥居の向かうのみもみぢの界《よ》

雪の野の鳥居の奥のもみぢの界《よ》双眼鏡で覗き込むなり

はつ雪のふる神域に踏み入りてどんぐり拾ふ罠にかかりぬ

臍の緒をエレベーターに括りつけしづかに上る赤き界《よ》の穹

春たけてひとかげはなし神楽良《ささら》なる月吹く風も碧き夕晴れ

百年を妥協すること学ぶかな脱皮できない虹の幼虫

虹に紐引つかけ首を吊る猿が曰く「お前らを殺しにいく」

先の世の記憶をもてば猿夢も四回見にき虹のあけぼの

死の空

金山明子の絵画「さかしま」に寄せて、七首。

太平洋も斎場として狭ければ黝き魚群に充満《み》つる死の空

火のごとく赤虹を噴き魚群噴き太平洋は結核病むか

あまりにも虹ばかり立つ死の空に虹はセシウム吸ひてふくらむ

空中の国家の睾丸を掘る人夫らの鶴嘴のしたチュパカブラの胎児《こ》

放射能による創造かセイウチと蛙が融合して空泳ぐ

海底に睡りゐし肉食恐竜の化石も目ざめ汚染土を食む

原発も被曝死したる魚群らも一つの空に祀れば　血雨《ちさめ》

横田海の絵画「詩形」に寄せて、三首。

純粋な交通として中央の矩形の青に白い円書く

寝かされてゐる朱のｄに重なりて消えむばかりのｄの朱のかげ

フォルムから意識的に外れて青／の詩は停止すぼくのフォルムに

北園克衛のプラスティックポエム《prospérité solitaire》に寄せて、一首。

（わづかばかりの影）裂けたフランス語（しづかな酷暑）起きあがる（紙）

III

いくつかの図形

（透明な（球《きう》の重なる（空（　）に）かげをもたない）　の羽ばたき）

水鳥の羽ばたき散らす水滴に閉ぢこめられて破裂する首都

透明な（円柱の建つ公園に）　　な（円柱のかげ）な／し

／から／にうごく純白のメトロノームよ酷暑の予報

奥へ行くほどうす暗い空間にただ1本の黒の垂線

1本の垂線《せん》あるのみの空間の奥より少しづつ発光す

1本あるのみの垂線も白く光りそめ空間はあかるし

亜空間ただよふ塵のひとつぶが（縫ひつつあらむ）（書きそふるかも）

羅針盤　三角チーズの鋭角に水いろ騒ぐ春は来てゐる

りりりりりに住み、りりりりりにねむる鳥、かげをもたない、かげの鳥、

風は鳥、光は鳥とおもふまで蒼穹《そら》あふぎては地球／時を織る

黒いストローが1本立つてをりあかるすぎる（　　　）の中に

中空に停止してゐる黒風船日暮れてもなほ停止してゐる

言葉から剝がれ落ちたる「　　　」らが（言ひやうもなく）くわいわしてをり

（　　（　　　（（間））　　　　）鳥　　）

鳥

そのかみの獣脚類に雪はふりガラス細工の鳥舟のゆく

竜骨はいま透き徹る鳥といふ穹ゆく舟の対ふ月の出

来世へと至るガラスの廻廊にあは雪のふるあかるさに在る

「ピーマンは大人になれば食べられる」春近づくと憶ひだす声

隕石てふ響きうつくし氷にて造りし桃の花うすあかり

平塚宣子さんを偲んで、一首。

ラヴェンダー・アロマライトのかたかげに歌集『ぱしゅみな』ひらく春暁

大虚《おほぞら》の帆の裂けてゆくところまで歩みやまざる翅のあゆみよ

卵殻は天の川原の秋風にからから鳴りてガブリエルのあくび

弓なりのディプロカウルスのおもかげを抱かむとしてきみも溺れよ

二〇一八年秋、鎌倉にて冬野虹展ひらかれる、二首。

印刷にのらざるほどの繊き線画きしひとは名を虹といふ

かなしみのミルクにふるる繊き線うつくしければ見えなくなりぬ

二〇二〇年冬、鎌倉にて第6回詩誌δ展ひらかれる。出村紳一郎さんを偲んで、二首。

虹蜺を見果てぬ穹に架くるべくひらきたまひき非在へのドア

月の出に村雨はれて非在なる尺八の音に澄む地球かも

ペルソナの　かげにて青く捲く微風《かぜ》の眉根に寒きかげの残り　香

そら仰ぐための力を、遠方の友へと贈る『ガヴリエルの百合』

羽搏き

中島武明のノイズ作品に寄せて、六首。

裏返る、録音テープ、再生の、ふるへ　水中、呼吸（下水で）、

いくつかの、抽象化した、羽搏きが、録音されて、鼓膜を舐める、

もつれあふ、緑の楕円、(と)、赤の線、耳の孔より、をどり出づ　非と(非)、

幽かなる、ノイズ美し、うす暗き、耳孔内部の、神を引つ掻く、

政治家は、クソ警察は、クソマスコ、ミはクソ一ぱ、ん市民はクソ、

巨大なる、雑音に耳、(を)、塞ぎをり、「もつとぼくをな、ぐつて下さい」、

白の（　）／（　）の白

し（ろたへ）の／　　　　／（　）／　　　　／　　　　／

し（ろ　へ）の／　　　　／（□）／　　　　／　　　　／

（　）／　　／（　）／　　／■／

えんぴつが白紙のうへをすべる音うた書き終へる時に止みたり

ゆびさきが白紙のページめくる音白紙の本を読めば聞こゆる

「書物」より解き放たるる書「物　」よりうち棄てられてうたの言の葉

（　）の美へと結晶化するわがうたに（　　背《そびら》）向けつつ鬱を研ぐべし

。のその円周のうちがはの　を充たすものにんげんの首

最期まで黙秘つらぬきし麻原氏その気もちぼくにはよくわかる

6人のしけい囚みな□されてこの夏は無の独房《どくぼう》群すずし

どこに行けば会へるのだらう無の格子戸の向かうには　があるのみ

白のドア　白の室内　白の縄　白の詩　白の歌　白の本

白の（　　）白の（　　）白の（　）白の（　）白の（　）　の（　）

1本の――――になつてく――――に入つてく1次元のぼくは

（）の（　　）（）の（　　）（）の（）（）の（）（）の（）（）の（）

（）の（　　）白（）の（　　）白（）の（）白（）の（）白（）の（）白（）の（）

端つこにそ／らと書かれてゐる紙の白さに白で書く（　　　か）な

「ありがたう　ここにはなにもありません」と住所欄に書いてある（ある？）

となりあふ薄暮と時計、　　　　（ぼくらは死ぬために生まれたの？）

ぼくの手に仮想的なるぼくの手をかさ／ねるやうに新雪に触る

「　　　「　　　　（　　　」　　　　）　　　　　）

「　（　「　）　」　」

「　」「　」（　）「　」「　」

白紙に白えんぴつで白と書く・黒えんぴつで白と白紙に

メッセージ。伝ふる光降りて或る美しさへのページをめく／る

1次元の歌／0次元の歌

い

ろ

は

・

に

おきまとはせるしらきくのはな

（（　／　／　／　／　））

（　）　（　）　／

（　）　／　（　）　／

白紙へ

*

歌を超えページをめくり白紙へとたどりつければきつと逢へるよ

意味はよくわからないけど書いてある青いフォントで愛のことばが

（　　）の白をください両手でも汲み尽くせない（　　）の苦痛を

中央上《なかうへ》に　　＊《アスタリスク》　　の打たれたるのみのページ（の隣は　　）

未使用のコピー紙一枚床に置き撮影す（　　うつりこむわが）かげ

被写体となりし白紙にどうしてもうつり込むかげいまはこのまま

全ページ（表紙も含め）白紙より成る本ばかり白紙図書館

有限な書物のページめくるその無造作ゆゑに書物は去りき

（　　　括弧の中で（つぶやくは）聞きとりにくい　　　）

この歌の書かれた紙をどこまでも透過してゆく果てに問ふべし

このページめくつた先は（白紙です）（　　　　）（　遠）くて近（い　）

IV

天寿

永平利夫先生を悼む

若き日に余命五年を告げられしきみは天寿を遂に極める

白銀にかがやきかをる花の名を聞くも忘れて慕ひ来しかな

勝ちとれる短歌《うた》と天寿を五月澄む穹へと掲げきみ逝き給ふ

夏の野に紫の山毛欅《ぶな》見けむ日ゆきみに約束されき天寿は

銀の波ふたたび浜へ寄する日を知らねどきみの短歌《うた》は遺りぬ

Nに

不明

戦争をしてゐないのに日本ではなぜこんなにもひとが死ぬのか

死因さへ不明なるらし後輩の姉の口調はふるへ強張る

近ごろはものも食べずに寝てゐるとガラケー越しに聞きし七月

いまさらに赤の他人に過ぎぬぼくがなにを後悔しようといふのか

葬式も行なはれずに後輩は荼毘に付されけりひと月後知る

三十歳《さんじふ》を過ぎてからする就活にたしかに後輩に鬱は根付きぬ

ぼくよりも若くして死ぬ苦しみを思へば鼻の芯は麻痺せり

無力なるぼくの励ましも後輩の肉体とともに荼毘に付されけむ

病院に行けとあれほど言つたのに行かざる末の夭折の夏

水際にて

安井高志「水底弔歌」への返歌

早朝の白き春月、水際には水にあらざるもののきはまる

すこしづつさくら翠に染まるころ君は下りゆく水の階段

おそらくは極彩色の魚群とて目には入らじ水の階段

日のひかり浴びてぼくらは生きて来つ届かぬならば亡びるばかり

人は知れ呼吸もできぬ水底にことばたやすく届かぬことを

水底の水圧求め帰らざる君を探しぬ君の気泡を

水底の暗き水圧に耐へてゐし君の命を神は奪ひぬ

絶望に締め上げられつつ絶命の意志なく逝けば祈りとて凍つ

「もうなにものこっていない」水底に響けルサルカのためのソネット

メフィストは「同じ」と言ひき下りるのも上がるも無への水の階段

女性を詠むととたんに甘くなる君の調べにぼくは傷つく

春月やクレーターすらくきやかに水際にて聴く水底弔歌

〈狐の窓〉

手でつくる狐と狐組み合はせ異界へつづく〈窓〉をひらかな

難儀してゆびとゆびとを絡め合ひ〈窓〉つくれどもなにも視えざる

どのやうな思ひで君はひらきしか死後の未来へつづくこの〈窓〉

はつきりと生きてたころの君の瞳《め》が視えるよ〈狐の窓〉の写真に

君の死後世界に生きてゐるぼくは君の〈窓〉より君の瞳《め》を視つ

何故君は実演せしか図版なら他いくらでもあつただらうに

その〈窓〉ゆ幽かにしかしはつきりと覗く瞳《め》はもうこの世にはなし

この世には亡き君のかほ隠すごと狐二匹の生皮の〈窓〉

生きてゐる世界を隔て君の瞳《め》は〈狐の窓〉の向かうがはから

〈窓〉越しに君とぼくとは視つめ合ふ生死のきはにある〈窓〉越しに

口よりも瞳《め》はもの言ふと習ひしがことばを知らず〈窓〉の向かうの

高志さんだと思ふけどほんたうは〈窓〉から覗くこのひとは誰

静止せる過去の〈窓〉より覗きくる君の瞳《め》にぼくの瞳《め》も静止せり

君の瞳《め》が〈窓〉より覗きくるならばぼくも〈窓〉つくり君の瞳《め》を視む

いつか死ぬぼくの瞳《め》がもうこの世にはすでにあらざる君の瞳《め》を視る

視られつつ視る生きてゐし君の瞳《め》を〈窓〉越しにぼくを視るその瞳《め》を

いまはまだ侵入できぬ絶対の距離として有り君のこの〈窓〉

直視しうる太陽として君の瞳《め》は〈狐の窓〉の奥にたたずむ

もう一度〈窓〉をつくりて覗かうか君も〈窓〉から覗くのだから

挽歌 X

冥福を祈るとはまだ言へてないぼくはどこまで下りてゆけるか

暗澹たる君の最後の数箇月思《も》はでいかなる祈りのありや

雨の夜の向かうにたぶん君はゐて雨は上がらず夜も明けない

乱数がつぶやく君の短歌《うた》たちを所持しえぬまま目が眩しくて

最後にはツイートすらも君は絶ちいかなる時を量りてゐしか

君の詩と短歌《うた》読みかへす炎症の肌に薬を塗りては掻きつ

祈り、清潔な手

ぼくの手を引く祖母若く〈風景に矩形の穴が巨きくひらく〉

梅雨なのによく晴れた空　初めて見る　祖母がゐないこの世の空を

この道をふたたび通ふことあらじ施設へつづくあぢさゐの道

ひと日会へないだけで泣いてた幼日よ祖母に火葬の時の迫れる

不老不死と独我論信じゐし少年も思へば祖母が作りたるもの

靴の艶つねに気にせし祖母のため初めてぼくはわが靴磨く

直視し得ぬ祖母の笑顔の遺影なり線香に火をつけずうつむく

うううーそらから重い音がする少女時代をときに語りき

被弾《あた》つてもいいと思つて走りだす少女でありしとも教はりき

『亞天使』の表紙画〈カインの末裔〉をつばめの親子みたい、と生前

光、水、空気、草、土、樹、建築《ビル》、雲　もはやかつてのやうにはあらず

抱へきれぬ幸福はいまも小さなる骨壺の中に祖母と睡れり

祖母の声　祈りに祈り重ねても思ひ出せなくなりつつあるらし

清潔なぼくの手にては介護などできず施設に祖母を死なせり

形だけ悔いてなんになるあーちゃんはわが家を恋ひてさみしく逝きぬ

今はただ祖母の冥福のため祈る清潔なままの手と手を合はせ

暗き円環

小夜ふけて硝子細工のハチドリのうた声を捲く亡き祖母のため

復讐がいよよ面倒くさくなり美容師の手に頭部をわたす

「人生はリセットできぬ」教育者しづかに悟る独房の中

もうあまり見えぬ左眼凝らしつつぼくは未来を断ち切れずゐる

ゆめのはて命擲つことなくばぼくの歌魂も暗きに還る

日蝕旗　リングたらたら暈《ぼ》けゆけば振ることもなく黒旗は垂る

日本とはこの安らかさまたしても人の死にゆくこの安らかさ

まなぶたの裏にてうごく掌の骨に気づかぬふりをしてゐたりけり

右眼から剝がれさうになる角膜を手で押さへつけ青く照らさる

扇風機　詩集をひらくぼくの眼の網膜に皺はしるひと時

まなぶたの闇の向かうに掌と掌合はすひと日の終はり

コロナ禍の夜明けのまへに停止した時刻を逃れ手紙がとどく

くらいなあ　でんきつけてもいいですか　あかるくなつたね　まだくらいなあ

この坂

まつ直ぐにすすんでゆけば夕焼けのそらに到達しさうなこの坂

春夕べオレンヂいろのおほぞらを斜めに黒く切りてこの坂

この坂を春のわた雲とぶ夕べそらの中までつづく街灯

徒歩のみでゆける天国夕ぞらは遠未来市の灯にめくるめく

そら近き緑の浴室あさまだきライトを灯し肩まで浸かる

V

白鏡百首

かげだけのぼくが鏡にあらはれてしづかに消ゆるまでのしづけさ

近づけぬ明り障子のうらがはにひとのかげたつ初冬の夢

いく重にもつみあげられてくさりけるめし食ふ壁に棲むかげとして

壁といふ鏡のうつしだすかげがひとつふたつとふえて手をふる

北向きの鏡白布でおほひけり年が明けてもぼくは患ふ

睡ることすらもかなはぬあかるさに閉ぢ込められて痩せほそりけり

白いこゑしづかにしづかにうちふかく石を結びぬ白いこゑきく

白塗りの鏡はなほもぼくのかほうつす表情無きかげとして

白鏡うつしだすなり目鼻口わからぬうすくらきぼくのかげ

目を見ひらき鏡に対ひ遺言すしろくきはまればぼくの殺意よ

日章旗の余白へつづく睡りより覚めぬ胎児のうたふ薄明

精神は日日すり減りて一枚の鏡の如く夢をうつさず

まだ終はりではないぼくはこの命賭して鏡に神を孕ます

しろさとは光ではなく闇ならばまなこを瞑りまなうらを見つ

ぐろりあをまとひて正坐するかげよたがかげなりやかをる茉莉花

万物は白鏡なりあたたかき肌といへどもかげをうつせば

うすら日のアスファルトの平面に首すてさりしかげのうつれる

白鏡見つめてをれば思ふなり時間になにか意味はあるのか

これ以上さきにはなにも無いところまで行きたしと思ふ日おほし

なにもないわけではないが白鏡われをうつさずわがかげうつす

この部屋にもいろいろものはあるのだが何故こんなにもなにもないのか

ぼくのかげ見つめてゐても視線すら感じなければかげはイむ

光源が複数あればぼくのかげまじりていまは片うでが濃し

手のかげをあたまのかげにかさねけりあさのひかりに透けてゆくべし

わが手よりおほきなかげのわれの手がありていかなるものもつかめず

ぼくの眼に移植されたる死者もぼくもひとつのかげとしてうすぐらし

ぼくよりもさらに無力なこのかげのうつれる壁は白鏡なり

死をうつすしろき鏡に日はさしてくねくねをどるかげらしきかげ

子どものこゑきこえきて白鏡まひるの明瞭なかげをうつしぬ

きがくるふまで凝視せよ畳へとおつるわがかげきがくるふまで

死ぬまでにきがくるはねばそれまでのかげにすぎぬと思ひさだめつ

直角に壁折れ曲がり来るかげのあたま二つに折れても死なず

白壁の中ゆおほきく手をふればまるでこの世に生きてゐるやう

しろくなき鏡はよろし光源が複数でも貌《かたち》を分裂させぬので

言葉にてあらはされたる無を詠むに無はどこまでもどこまでも白鏡

ありえざる貌に折れるくびもかげなりしかばなにごともなし

白壁に鳥のかげがよぎるとき鳥のかげもうすしろく透く

いまなにを検索しようとしてゐたかたいして興味なくてわからず

白鏡わがかげはほそくながくしてうす暗きオーラをまとふかな

手のかげよわが死の後も世にのこれ人人の首めがけ祈らむ

見下ろしし洗面台にほのかにもわがかげうつり水に砕かる

白鏡視つめてをれば鳥のこゑ識閾の膜へだててきこゆ

詠はねば死んでしまふと泣くひとをとほく隔てて見つつ詠ふも

まともには生きられぬ世にうまれきて眼の乾くまで白鏡視つ

白鏡われはわがかげ視つむるをわがかげはわれを視つむるか知らぬ

わがかげをいくつもうつす白鏡わがかげならぬかげもまじるや

日のひかり衰へゆけば白鏡いかなるかげもうつさざりけり

時が磨くしろき鏡にうつりけるぼくのすがたのかげのまぼろし

白塗りのトイレの壁に手をふればかげも手をふるうでを殖やして

遺影の代はりに白鏡置かれ念ぶつのこゑ反射して眩し

愛するといふ能力を失へど眼はまだ見んとしつ白鏡

白鏡　目　白鏡　目　白鏡　目　白鏡　目　白鏡　目「　」

白鏡おまへがぼくの眼を孕むまで追ひつめる残ることばを

ひとひ中凝視しをればぼくの眼はいまや白鏡にめり込みぬ

ぼくのかげ消え去りしのちも染みとなり遺れよ白鏡への視線

白鏡にうつれるかげがむしやむしやと飯を食らへばぼくも食ふなり

ひねもすを殺意を込めて白鏡視ればたちまち夕闇迫る

日は落ちて鏡も白鏡もみなとびらをひらく夜の寒さに

〈絶対〉のたんきうなどはせぬぼくの白鏡ただ夜にとざさる

いじちゅーるさへも灯しし蠟燭をぼくは灯さず夜の白鏡

生まれ来るまへに視てゐしばくだいな闇と時間へかげを発たしむ

ぼくは視よわが死ののちも死の闇の向かうでぼくをうつす鏡を

さらはれてゆくぼくである境界を越えてましろき鏡のまへへ

ひとつの目しろき鏡の中《うち》がはへ目ざめまたたく時間の翳り

生きてても生きてなくてもおそらくは死を視るほかにすることもなし

白鏡相もかはらずあかるかりせんめいならぬぼくのかげかも

あかるくてなにも見えねば目をとぢてまなうらを見つあかるかりけり

いつの日かしろき鏡の破片らのひとつひとつにイデアは翳る

ぼくの視るしろき鏡をぼくは読むしろきことばの書きし鏡を

門院をはじめかの女性《ひと》らなに視けむ風雅和歌集しろき翳りを

この壁のまへにはぼくが立つてゐたことの無言を未来は洗ふ

うすぐらき暈をまとへるぼくのかげほそながきかな床から壁に

背を折りてあたまを折りてあゆみ来つかげは平面の住人である

白鏡視つつ自慰するじつざいのペニスのほかはかげとなりにき

白鏡穴があくまで凝視《みつ》めたとしたらそこからなにが見えるか

ぼくのかげあたまに遂に穴があきものいふ如くしづもりて立つ

ゴッホよ君いますぐによみがへりあたま穴あくぼくのかげ画け

白鏡白の果てへとゆくために一つのかげを研げぬまで研げ

しろいそらしろい地平のきやうかいにひとかげらしき点の立つみゆ

くうはくの過剰をもとめ白鏡すくなき語彙のさらにすくなく

信仰をもたざるぼくがひねもすをかべにむかへばいのちおとろふ

かわきける白鏡ひびわれてちをふく　ぼくのかげすずしくそよぐ

白鏡うらにてせみのなきだせばまだ首つらず白鏡みつ

伏せられし鏡がうつす0距離の質感の奥にもののかげ追ふ

この先がまだ詠みたいと思はれてまたこの頃は白鏡視る

かげとなるまで視つむれば白鏡ことばをつかみそこねてひさし

惰性にて書きゆく文字の筆圧が紙のしろさに負けて読めない

ほんたうになにも詠めなくなるまで白鏡にむかひてゐたし

椅子のかげぼくのあたまのかげととけあふ名づけずにかたちを耐へよ

このかげのあるじは椅子と呼ばるるが椅子のかたちをかげはもたざり

白鏡として書かれて白鏡知つてゐるはずなのに読めない

白鏡から分離した白鏡から分離してない白鏡

やうやくにことばにならうとしてゐるを白鏡にて裂かるることば

白鏡わがかげうすく痩せほそり1本の線となるもよろし

靄がかるしろかがみへと近づけばもはやしろさの差異もうすれて

もうなにもないところまで白鏡ほんとになにもないのかといふ

白鏡、さういひさしていつからか考へるのをやめてしまひき

まへうしろ左右うへした白鏡まぶたの奥にきみのかげ追ふ

まだなにかこの先にあるのだらうかぼくの百首はもうすぐ尽きる

ぼくのきはいつになつたらくるふのか白鏡みていちにちくらす

あとがき

白という色がある。

白は、たとえば純白という言葉があるように、それはときに混じりけのないもの、無垢なるものとして表象される。白紙とはまさに文字を書き込むよりも前にあるところの何かだ。ゆえに白とは、透明ということでもあるだろう。完全なる白さがあるとするならば、それは完全なる透明性の相においてでなければ、立ち現われてはこないだろうから。

しかし、次のような白もある。

辺り一面を覆う白い霧、或いは引きこもりの人物がひっそりと暮らす狭い部屋の四方を囲む白い壁——、私の知人が視力が低下して失明しかかったとき、視界が真っ白になったと言っていたが、このような白さは白さではあっても（また場合によっては無垢ではあり得ても）濁っており、透明性があるとはおよそ言えない。不透明性——これは不自由そのものだ。

私の第二歌集『未来世』における白（さ）は、重なり合ったこの透明（性）と不透明（性）との厚みなき隔たりの間を不安定にたゆたっている——と思う。

こうした白（さ）を詠みながらも、私が希っていたことは、もう一首たりとも、一首における一字一句たりとも、（単に安易にだとか惰性でだとか、そういった水準においてではなく、そう、徹底的に、そして根本的に）私が書き付けたり、詠みあげたりすることが不可能になるような、そのような地平にまで、私の歌を行き着かしめることだった。換言すれば、私は私の歌を私の歌の力のみによって殺したかったのだ。

むろん、その希いが達成されたとき、私は歌を詠むことも書くこともできなくなるだろう。そしてそれは現在、わりとそこそこ順調に達成されつつある。充分予想せられたことではあるが、あまり愉快な気分ではない。また、このような状態を人はときにスランプと呼び、無能さの表われだとも断じる。否定するつもりはない。

＊

第一歌集『亞天使』刊行後、何人もの人たちを見送った。高齢の方々が多かったが、若い人たちもいた。「舟」でずっと一緒にやってきた安井高志さんは私より五つ若い。高志さん、まさか君が私よりも先に、こんなにも早く逝ってしまうとは思っていなかった。

最後に、お世話になった方々へ御礼を述べたい。

依田仁美さんをはじめとする「舟」の方々、江田浩司さん、生沼義朗さんをはじめとする「扉のない鍵」の方々、その他、様々な組織や集まりにおいて出会い、私に刺激を与えてくださった方々――、お一人お一人のお名前を挙げさせていただくことができないのは恐縮だが、これまで出会ってきた方々とのやり取りが、『未来世』に、様々な形や形なき何かとなって反映されているのは疑いようもない。

特に依田さんに紹介していただくことで知り合うことができた詩人の田名部信さんからは、全身全霊を込めた作品を以て応える他には何も為し得ないほどの作品をご制作していただき、その作品＝word poemを本歌集を飾るためにお借りできたのは極めて光栄かつ幸福なことだと言わなければならない。『未来世』の制作の後半は、田名部さんのword poemと向かい合い、自分を捉え返してゆく過程でもあった。私は今後もこの対話を続けてゆくことになるだろう。

北冬舎の柳下和久さんは前歌集同様の入念な編集作業はむろんのこと、常に親身に相談に乗ってくださり、大原信泉さんは今回も歌集の内容に相応しい装丁をしてくださった。皆様に心から感謝を申し上げます。

そして、家族へ。いつもありがとう。祖母には三十七年間も世話になった。これまでずっと、ありがとう。

二〇二一年　五月の緑眩しい日に

加部洋祐

本書収録の作品は2014年（平成26）―21年（令和3）に制作された418首です。本書は著者の第二歌集になります。

著者略歴

加部洋祐

かべようすけ

1980年(昭和55年)、神奈川県横浜市生まれ。「潮音」、「開放区」を経て、現在、「扉のない鍵」副編集人。「舟」編集委員。また、「大衆文藝ムジカ」にも参加。第一歌集『亞天使』(2015年、北冬舎)。
住所＝〒233-0003横浜市港南区港南6-26-24
E-mail＝ttn8kzx2d3@mx8.ttcn.ne.jp

未来世《みらいせ》

2021年9月15日　初版印刷
2021年9月25日　初版発行

著者
加部洋祐

発行人
柳下和久

発行所
北冬舎
〒101-0062東京都千代田区神田駿河台1-5-6-408
電話・FAX　03-3292-0350
振替口座　00130-7-74750
https://hokutousya.jimdo.com/

印刷・製本　株式会社シナノ書籍印刷

ISBN978-4-903792-77-4　C0095